웅크린 마음을 펼 때
빛이 들어오고

KB183886

시를 쓸 수 있도록 지지해 준

사랑하는 아내 지순애와 쌍둥이 진수, 지수에게.

그리고 출간될 때마다 자기 일처럼 기뻐해 주는

몽글몽글 MG 형제님들에게도

고마움을 전합니다.

1 장
바라지 않는다는 말

2장
그것도 사랑이라 답해요

3장
그리움은 오랜 습관이라서

4장
묻는다고 묻어지지는 않겠지만

여는 글

어떤 시간은 세월을 거듭하며 돌아온다

바라보고 마주하고 에워싸며
매일 다른 사람으로 태어나

눈을 감아도 보이는 그대
이 시가 당신의 것이 된다면
조금 더 편안해지기를

서리 내린 겨울 아침이라도
내밀한 온기로 가득하기를

2024년 11월

두 번째 시집을 펴내며

1장

바라지 않는다는
말

들꽃

작고 보잘것없는 들꽃도 설레게 하는데

난 그대의 떨림이고 싶다

닮나 봐

닮는 건 유전
닮고 싶은 건 사랑

소리 없이 그대가

한마디 말없이 그대 내게 왔죠

생각할 겨를도 없이 그대 문 앞이죠

마음은 열리고 어느새 내 속 꽉 차올랐죠

가을밤 소리 없이 내리는 비처럼

그대 내게 왔죠

예약 문의

다음 주 볼 영화를 예매하고
기차표를 미리 구해 놓는다
원하면 볼 수 있고 갈 수 있는 곳

그대 사랑도 예약이 될까요
이제 때가 된 것 같은데

너를 향해

그대와 만남은 언제나 한 뼘 가까이

스치는 소매 잡은 까닭일까

휩쓸리는 낙엽 안쓰러워 마주친 눈길 때문일까

아이 웃음에 덩달아 미소 짓는 이유일까

색 바랜 중고 서적 냄새가 좋아진 까닭일까

청명한 가을빛도 좋지만

가을비의 스산함이 와닿는 느낌일까

그대와 나

한 뼘이다

길

이 길이 아름다운 건 꽃이 피어서가 아니다.
이 길이 기억되는 건 단풍이 고와서가 아니다.
이 길에서 웃는 건 시원하게 뚫려서가 아니다.

그대 마중 나오는 길
그대 만나러 가는 길이기 때문이다.
그대 있기 때문이다.

조간신문 대신 편지를

아침 요구르트 아주머니가 배달한 작은 음료
우편함에 꽂힌 조간신문
문자 메시지, 음식 전단지

이 아침 코끝 늦가을의 공기, 전하고 싶다
그대 손잡고 산책하고픈 맘 전하고 싶다
그대 종일 생각하는 맘
조간신문에 끼워 배달하고 싶다
세상은 빨라도 그대와 느긋하게
흘러가고 싶다

가을 지나

그대 가을을 닮았네요

푸르른 창공 그대 마음이네요

그대 가을을 닮았네요

긴 여름 녹음도 모자라 고운 빛으로 웃게 하네요

그대 가을을 닮았네요

살갗에 닿는 바람의 청량함

뒤끝 없는 그대네요

그대 가을을 닮았네요

그곳이 어디든

달빛에 얼굴 비친다는 말 믿지 않았죠
호수에 스며 있단 말 무시했죠

모퉁이 돌아 작은 카페
라떼 찻잔 속 그대 웃고 있네요
그대 있네요

첫눈

엄마가 옷 단단히 여며주기도 전에
털실 장갑 손가락 다 끼우기도 전에
달려 나가는 반가움
그대입니다

카페 문 열리기도 전에 눈이 향하는 곳
계단 올라오는 소리에 옷매무새 다듬는 것
그대입니다

포근한 목소리 부드러운 눈빛
온 세상을 덮는 미소
그대입니다

첫눈입니다
그대입니다

거짓말처럼

거짓말로 당신을 속이고 싶지 않지만
가끔 수식어로 쓰일 땐 좋은 의미가 됩니다

'거짓말처럼 날이 개었어!'
'거짓말처럼 씻은 듯이 나았어!'

거짓말처럼 당신이 좋고
거짓말처럼 당신에게 향합니다

거짓말처럼…

물들었네요

봉숭아 물들여 사랑을 간직하듯
첫눈에 소복이 쌓인
그대 새하얀 마음을 물들여
오래오래 간직하고 싶다

그대가

그대 생각에
끍적이는 단어와 맴도는 문장들

그대가
시이며 소설이다

애상

낡았던 빨간 털실은

앙증맞은 벙어리 장갑이 되어

한겨울을 보냈지

빨간 내복은 두꺼운 도화지가 되었지

빨간 산타복에 루돌프의 빨간 코

겨울은 온통 붉게 물든다

포인트

마트에서 빵집에서 서점에서 포인트를 쌓는다

언젠간 사용할 수 있는 포인트

그대 생각에 쌓여만 간다

남은 포인트로 사랑 한 박스 배달해줘요

그대 속삭이자

둘만의 거리 삼십 센티
소곤소곤 정이 한가득이다
눈웃음만으로도 입꼬리만으로도
그대를 읽는다
속삭이자 우리
속삭이는 눈을 보자

다툼 없는 세상
아픔 없는 세상
미움 없는 세상
충성 없는 세상
삼십 센티 앞으로 오려나

소나기

예고 없이 내리는 소나기에
내가 맞습니다

예고 없이 퍼붓는 당신에
내가 맞습니다
쏟아지는 미소에 흠뻑 젖습니다

기억

발자국 소리만으로 그대 나를 아네요
발자국 소리만으로 나 그대를 알아요
눈에서 들려오는 그대 발소리

마트에서

마트에 와 장을 본다
할인 행사에 사은품까지
덩달아 신이 나 카트를 민다

작은 냄비 하나 얻으려고 화장지 몇 롤 얻으려고
생각지도 않은 지갑을 연다

그대 마음 얻으려면 무엇을 사야 하나
애먼 카트를 밀어대며
그대 맘 걸린 곳을 찾아본다

오지 않는 봄을 기다리며

유원지 두더지마냥 들락거린다
새끼발가락만큼 왔다간 들어간다

귀밑머리쯤 와 있을 봄을
까치발 들어 맨 처음 만나고 싶다

작은 발로 걸어오고 있을,
번쩍 앉아 그대에게 주고 싶다
동구 밖 와있을 그 봄을...

사월의 데이트

사월 늦은 봄
생각지 못한 끝눈이 내리던 날
그대 데이트 청하죠
오롯한 오솔길 몇몇 가지에 핀 들꽃
눈으로 향기 마셔요

천둥번개 늦은 밤
그대 전화에 외로움을 달래죠
가벼운 감기에 병원 가라 약 먹으라
그대 성화에 웃음은 쌍화탕이 되죠

괜찮을 거라는 그대 말
사랑보다 위로가 되네요

비밀스런 위로

백 마디 말보다 당신의 눈빛이 좋아요

모두 떠날 때 곁에 있는 당신이

떼로 몰려들 때   멀찍이 선 당신이

아무도 모르게 슬며시 잡아주던 손길이

파란 하늘 가리키며 웃어보란 당신이

꽃 한 송이 꺾어 놓아주던 당신이

제 맘도 피네요

하늘을 봅니다

당신이 보라던 그 하늘요

오월에

그대 만나러 갑니다

오월의 푸른 잎은 당신 닮아 싱그럽고

햇빛은 그대인 양 해맑네요

한걸음에 달려가 앞에 서는 나

떨리는 마음에 입술은 얼어버리고

한 발자국조차 뗄 수 없네요

그대 앞은 오월인데...

습관

비가 구적구적 내려도

그대 있음에 기분 좋은 날

바람 한 점 없는 뙤약볕에 앉아도

그대 있음에 기분 좋은 날

사막 한가운데 물 한 모금 못 마셔도

그대 생각에 기분 좋은 날

캄캄한 밤 무서움에 길을 나서도

그대 기다림에 기분 좋은 날

매일의 태양이 새로움에

기분 좋은 날

그대 있는 날

그대 무엇인들

낡은 우산인들 뭐 어때

그대 어깨 부딪을 수 있는걸

고급진 레스토랑 스테이크 아니면 뭐 어때

구수한 청국장 앞 그대 웃는 걸

꽃들이 호객하며 그대 부를 때

작은 화분 바라보는 그대 더 곱다

실없는 소리 할 수 있는걸

그대에게 스며든 가슴

님 생각에 넘실대는걸

소국

이 비 그치고
서리 한 사발이면
들국화 피겠죠

그대와 보던 하얀 소국.

기분 좋은 오후

창가에 앉아 바라보는 비가 좋다

나만 아는 듯한 반가운 옛 노래가 좋다

오래된 활자 속 익숙한 책 냄새가 좋다

연애 시절 수줍게 찍은 사진이 좋다

시장 단골집 아줌마가 "이건 덤이야" 하는 웃음이 좋다

소소한 일상 한 줄의 시구가 좋다

그대가 있어 좋다

마음을 보관하는 법

더운 날 그대 위해 펼 수 있는 건
느티나무 밑 시원한 돗자리 하나
당신 키에 맞춘 마음뿐입니다

2장

그것도 사랑이라
답해요

알 수 없어요

그대에게 주는 맘
이게 맞을지 저게 맞을지…

단정한 머릿결
흩날리는 바람에
알 수 없는 마음

교차로에서

아등바등 여기에서 살았습니다

그곳이 있는 줄도 모르고...

솜사탕

놀이공원 거닐며 타는 사람보고 웃기만 했지
우리가 하는 건
솜사탕 하나로 둘이 나눠 먹는 일

솜사탕 두 개가 제일 외로운 거라며…

스치듯 계절이

아직 꺼내지 못한 봄옷 가득한데
여름맞이하게 생겼네요
봄이 스쳐 가네요
그대 지나가듯

어떤 말도

미안합니다.

고생 없이 살게 해준단 말이

앞치마 두른 모습만 보네요

걱정 없이 매일 웃게 해준단 말이

위태로운 가계부만 보네요

명품백에 백화점 옷은

낡은 가방에 할인코너 옷이 되네요

새색시 같은 고운 모습 변치 말란 말이

오래된 로션에 샘플이네요

고급 식당 품위 있는 외식은

김치 하나에 초라한 식탁이네요

가진 것 없어 미안하단 말에

그것도 사랑이라 답하네요

안부 1

반말로 인사하던 우리
어느 날부터 존대가 편해지네요
작은 것 하나하나 묻던 우리
"밥은 먹었는지" 그저그런 인사 건네고
뿌드락지마저 알던 우리
수심 가득한 얼굴 지나치네요

묻고 싶어요
별일 없는 거냐고...

안부 2

까르르 아이가 웃어요
당신의 해맑은 미소를 보아요
빠알간 홍시 익을 때면
말 한마디에 부끄러워하던 그대 보이죠
노오란 은행잎 곱게 물드네요
그대가 책갈피에 끼워주던...
길거리에서 이젠 어묵을 팔아요
호호 불며 추위 녹이라던 그대
포장마차 안에 있네요
오늘의 운세 불러주며 좋은 날 보내라던 그대
신문 한편에 있네요
불안함에 안절부절못할 때 잡아주던 그대
기도하며 안부를 묻네요

집이 되어가네요

우리 그땐 웃고 있을까

빈 잔에 추억 가득 붓고 있을까

비틀거리며 힘들 때

서로 지팡이 되어 의지할까

터벅거리며 얼마 남지 않은 길

우리 손잡고 걷고 있을까

함께 노래할 수 있을까

꿈만 같은 시간들

우리 마주보며 웃고 있을까

봄비

지난밤 소리 없이 봄비가 내렸다
딱딱한 대지를 새색시 옷고름마냥 풀어헤치고
뿌리에 긴장감이 돈다

적은 비도 세상을 깨우는데
그대 맘은 무엇으로 깨울는지

긴 밤 비만 내린다

그러지 말자

자기 전에
자기 생각

그대 마음 다치지 않길
그대 마음 닫히지 않길

시작할 때 반하고
끝이날 때 변하고

어쩌면 그대

첫눈이 와요

그대 잠시라도 내 생각하나요

나 그대 늘 생각하는데…

피타고라스 정리

당신과 직각으로 직접적으로

닿아있지 않아도

사랑을 쉬이 짐작하지 마세요

멀리 기울어 끝점만 닿았다고

사랑을 쉬이 헤아리지 마세요

멀리 있어도 살짝만 닿아도

당신에게 기운 제 마음은

그 둘의 마음을 곱하고 더해야

겨우   같아지는걸요

경칩

웅크리는 거 아냐

숨죽이고 가만히

내일을 위한 준비야

뒤로 더 멀어지는 거 아냐

날기 위한 도약이야

긴 겨울 깨고 나온 그대

자! 점프!

풀잎 하나 자랄 것 같지 않던 이곳

얼음 내린 냇가 흐르는 개울

새싹은 난다

홀씨

틈만 나면 살고 싶었다
널 만나면 살고 싶어졌다

가위바위보

가위바위보는 이기는 놀이가 아냐

지면 쉬라는 거야

3장

그리움은
오랜 습관이라서

잊거나

잊는다는 것
잊힌다는 것

잊고 있나요
잊히고 있나요

눈길

내리고 쌓이고 녹았다 흐르고
소리 없이 덮어 버린다.
그대 오는 뒷길에
이별을 묻어 버린다.

나목

눈발이 바람에 흩날리고
나목은 몸을 한껏 기운다
남은 미련은 바람 때문일까
그대에게 기우는 헐벗은 육신

각인

그대를 잊기 위한 수많은 덧칠은

덧없음뿐입니다

지다

노을 지다
꽃이 지다
해가 지다
별이 지다
짊어 지다
그대와 함께할지다.

그어 지다
멀어 지다
갈라 지다
잊혀 지다
헤어 지다
그대와 함께 못할지다.

세월이 가면

시간이 가면 괜찮을까

나도 모르게 들어선 익숙한 골목

더는 찾을 수 없는 전화 기록

무심코 침대 옆자리 돌아보는 일

익숙함이라는 게

습관이라는 게

지우개

겨우내 쌓인 눈 얼음도 입춘 지나 사라진다

님 생각에 물들인 봉숭아 물도 초승달만큼 비친다

청춘의 힘찬 울림도 머나먼 메아리가 되고 만다

세월이 가면 지워지는 것들

세월이 가도 지울 수 없는 것들

어떤 시간은 세월을 거듭하며 돌아온다

얼마나 지나야 흔적 없이 지워질까

여명

끙끙 앓았죠

말도 못하고

털어내 보지만

생각은 길기만 하죠

나이 들어도 미숙한 나는

금세 들키고 말았죠

티슈 몇 장을 건네며

지우라 하죠 잊으라 하죠

그까짓 것!

꼬옥 품에 안기며

슬픔도 걱정도 가뿐해지고

호탕한 웃음에 감전되어 실없이 웃네요

호우 주의보

만삭의 하늘에 양수가 터져 소나기 내리듯
그대 그리운 맘 큰 뚝이 되어 흐르네
한두 장의 사진은 서너 권의 추억이 되고
스치는 음악은 눅눅한 장판이 되네
그리움은 깊어만 간다

사랑인가요? 이별인가요,

사랑한다

　보고싶다

만나며 통화하며 입에 달고 살았죠

두 눈 감아도 그대 앞이죠

두 손 가득 안고 뿌리던 낙엽

입만 열면 당신을 불렀죠

세월은 한마디 거들지 않고

고운 잎 하나 들고선

사랑인가요

이별인가요

연중무휴

연중무휴!

식당 문에 걸린 낡은 글씨

툭하면 다투고 연락 두절되는 우리

종이 한 장만도 못한 사랑

너와의 간극

내 곁의 그대

나 빠짐

나 떠난 그대

나빠짐

원주율

반지름 × 반지름 × 3.14가

원의 넓이라면

그대 향한 그리움은 얼마나 넓어질까요

곱하고 곱해도 닿을 수 없는 그리움의 값은...

보온병

보온병에 더운물을 담습니다
하루 지나도 여전히 따듯합니다

데일 것 같던 그대의 마음은
어디에 담겨 있나요

틈만 나면

틈만 나면 그대 생각

틈이 전부가 되어버렸다

4장

묻는다고 묻어지지는
않겠지만

그거 기억나?

동창을 만났다.

술 한잔에 이어지는 대화

돈 버는 얘기, 살림 팍팍하단 얘기

교정에서 우린 어떤 웃음으로

꿈을 키웠던가.

지난 꿈은 가벼운 안주가 되고

빈 접시만 뒹군다.

그릇이 되고 싶다

그릇이 되고 싶다.

투박한 모양새로 가을 하늘을 담고 싶다

그릇이 되고 싶다.

가족 밥상 위 부지런히 움직이는 소리이고 싶다

그릇이 되고 싶다.

먼 옛날 정화수 한 사발에 담긴 마음이고 싶다

그릇이 되고 싶다.

아랫목 깊이 묻혀 있던 아버지의 밥공기가 되고 싶다

가을

목청껏 울던 매미는 다 어디로 갔을까
밤새 노래하던 개구리는 또 어디로 뛰어갔을까

메리야스 바람에 모기 쫓던 머리숱 적은 아저씨는
또 어디에 있을까

미스 김의 립스틱은 잎새에 칠해지고
연인의 간격은 좁아만 간다

가을이 무장 공비처럼 다가왔다
아무도 눈치채지 못하게

어머니의 무성함

모진 겨울 제 몸 하나 살기도 힘들 텐데
죽을힘을 다해 꽃을 피워낸다
숨죽이고 모아온 생명수
가지마다 줄기마다 젖을 보낸다
매화라 철쭉이라 목련이라 불리지만
지고 나면 그저 이름 모를 나무요, 숲이다

설익은 동경

붉게 여문 홍시에서 어릴 적 분이 얼굴을 본다.

손 한번 잡아본 적 없는 분이가 보고 싶다.

보고 싶다.

가오리연 높이 달고 코 흘리며 앞장서던 석이가 보고 싶다.

소여물에 흰 김 품으며 음매 울던 우리 누렁이가

보고 싶다.

곰국

뽀얀 곰국을 본다
밤새 녹고 녹아 우윳빛이다
어머니가 한 수저를 마신다
자신을 삼킨다
자식 낳아 기르며 구멍 숭숭 뚫린 뼈가 되어
녹아내렸다
허리뼈가 녹고 무릎뼈가 녹아 지팡이를 쥔다

진하디진한 국물
어머니가 내린 곰국 한 사발

운동화

분홍 초록 얼룩진 운동화
봄기운에 한 벌 집어든다
맘이야 들로 산으로 내달리고 싶다만
이 봄 몇 번이나 신으려나

운동회 날
검정 고무신 벗게 하고
아들 발에 신겨 주시던 운동화
꼴찌로 달려도 날 것 같았지
하늘을 본다
아버지 신발에 별 한 다발 묶어 드려야지

해후

언젠가 되뇌던 시 한 수를
뜻밖의 책꽂이에서 발견한다
어딘지 기억조차 없던 곳에서
친구의 웃음 띤 사진을 발견한다
코끝 싸한 찬바람에서
그 겨울 군고구마의 냄새를 맡는다
스치며 만나는 기억들
이 밤 나의 청춘을 해후한다

묻는다고 묻어지지는 않겠지만

이사를 했다

한 차면 넉넉히 실릴듯한 짐이

추억에, 삶에 불어 두어 차에 실린다

언제 샀는지 모를 물건에

잊었다 찾은 반가운 기억까지

먼지 뒤에 가려져 있다

텅 빈 집안을 본다

살았던 날 기억할까

이사 하던 날

추억 한가득 싣고 떠나온다

불현듯

철퍼덕허니 가을은 앉아 버렸다
느닷없는 방문에 새색시마냥
내외하는 잎들은 연지 바른 홍시다

국화 옆에서

참을 줄 모르고 흘렸던 눈물
얇은 유리같이 금방 깨질 것 같았지
미안하단 말은 왜 그리 어려웠는지

잘 지내고 있니
손 내밀면 이제 웃을 수 있고
어느덧 두터워진 시간에
네 맘도 얹을 수 있을 텐데
스치는 바람에
바랜 머리칼 쓸어 넘기며
스무 살 즈음 너를 본다

길

지나온 길의 끝에서
내가 비워주었다 하자
세상은 넘쳤다 한다
뚝심 있게 걸어왔다 하자
미련하게 외길로 왔다 한다
시원하게 울어보려 하자
실없이 눈물바다라 한다
남겨진 질문들 앞에서
세상은 이미 답했다 한다
이제 어디로 가야 할까

풍선껌

풍선껌 하나면 며칠이 행복했다
주먹보다 더 큰 풍선을 불고 터트리며 까르르
자랑이 한창이었다

하늘 높이 내 꿈도 커지길 바라며
점잖지 못하단 손가락질에도
경쾌한 박자 맞춰 울려 퍼지는 소리

풍선껌 하나 사자
참았던 숨을 불어넣자
어린 날의 부푼 풍선껌

수줍은 약속

고창에는 꽃이 피네
노오란 유채꽃이 피네
늙은 어미만 머무는 곳에
유치원 아이 단복 같은 유채꽃이 피네

노인정 안에 노란빛이 물드네
유채꽃 닮은 어미가 앉아있네
주름 사이 유채 향이 배어있네

여름 되면 베롱꽃 백일 향 가득하다네
늙은 어미에게 토끼풀 반지 만들어
다음에 오마 끼워주네

고창에는 꽃이 피네
어미의 미소 닮은 수줍은
유채꽃 피어있네

나무

늙은 어미의 이불을 덮는다
스웨터의 옷깃을 여민다
잎새 다 떨군 겨울나무다

가을바람

가을이 가벼운 발걸음으로 지나간다

어제와 달라진 코끝 향

별빛은 좀 더 날카로와지고

무심하던 달은 못내 싱싱해진다

뭐가 바쁜지 해는 서둘러 귀가하고

어둠의 일과는 길어만 간다

어제와 다른 바람이 분다

마침내 갈바람이다

배추김치

작은 씨 한 톨 파종되어
샛노란 가슴 품고 겹겹이 어깨동무로
누구도 풀기 힘든 단결을 만든다
짠맛에 한잎 두잎 힘없이 자백하고
매운 고춧가루에 한두 놈씩 독에 갇힌다
추위에 얼지도 않고 견뎌 모두를 품는다
대지도 소금도 네 마음도

겨울과 바다

철 지난 피서지 바닷가
찢긴 플래카드 바람에 나부낍니다
아직 건재하다는 듯
냉방 완료라 자부하는 안내판도요

거기 있나요

삼가동 골목길

낡은 철문에 능소화 피어나고
롯데껌 낡은 간판 매달려 있고
텃밭엔 옥수수잎 푸르르고
열려있는 대문 드나드는 이 없네
철수야 밥 먹어! 소리 들을 수 없고
동무들 딱지 치던 모습 없이
여름비에 조용히 젖어가는 심장만 있는 곳
이끼 낀 시멘트벽을 따라 벗어난 곳
소년은 장년이 된다

웅크린 마음을 펼 때 빛이 들어오고

초판 1쇄 발행 2024년 12 월 16일

저자 박종찬

펴낸이 김영근

편집 김영근 최승희

마케팅 최승희 한주희

펴낸곳 마음 연결

주소 경기도 수원시 팔달구 인계로 120 스마트타워 1318

이메일 nousandmind@gmail.com

출판사 등록번호 251002021000003

ISBN 979-11-93471-32-6

값 12000